安徽省版权局著作权合同登记号：第12191910号

Как спят зверята

Written by Evgenia Günter, illustrated by Natalia Karpova

Пешком в историю ® (A Walk Through History Publishing House ®)

© ИП Каширская Е.В., 2018 (© Sole Trader Ekaterina Kashirskaya, 2018)

The simplified Chinese translation rights arranged through Rightol Media（本书中文简体版权经由锐拓传媒旗下小锐取得，Email:copyright@rightol.com）

图书在版编目（CIP）数据

动物们是怎样睡觉的？/（俄罗斯）叶夫根尼娅·京特著；（俄罗斯）娜塔莉亚·卡尔波娃绘；苏淳译. —合肥：中国科学技术大学出版社，2019.6（2023.4重印）

ISBN 978-7-312-04689-6

Ⅰ.动… Ⅱ.①宫… ②娜… ③苏… Ⅲ.儿童故事—图画故事—俄罗斯—现代 Ⅳ.I512.85

中国版本图书馆CIP数据核字（2019）第078567号

出版	中国科学技术大学出版社
	安徽省合肥市金寨路96号，230026
	http://press.ustc.edu.cn
	https://zgkxjsdxcbs.tmall.com
印刷	合肥华云印务有限责任公司
发行	中国科学技术大学出版社
经销	全国新华书店
开本	787 mm × 1092 mm　1/12
印张	4
字数	50千
版次	2019年6月第1版
印次	2023年4月第5次印刷
印数	13001—14000册
定价	48.00元

动物们是怎样睡觉的？

（俄罗斯）叶夫根尼娅·京特 著
（俄罗斯）娜塔莉亚·卡尔波娃 绘
苏 淳 译

中国科学技术大学出版社

"我不想白天睡觉！"小睡鼠宝宝生气地说。

"我要和所有的动物一样，白天玩耍，夜晚睡觉。"

"所有的动物？都有哪些呢？"长得很像小松鼠，但有着灰色的皮毛、圆圆的耳朵和大大的眼睛的睡鼠妈妈回答它，"我们呀，是夜间活动的动物，白天睡觉，一旦天黑就醒过来，就像刺猬那样。"

"啊哈，睡鼠，这就是大家对我们的称呼！我们不但白天睡觉，而且还要冬眠。秋天、冬天甚至连春天，我们都在睡觉！最有趣的是我们还可能睡过了头。"

"如果你白天不睡觉，而在树林里奔跑，那么你一定会被什么动物吃掉。如果你不睡在暖和的屋子里，那么当严寒到来的时候，你就会被冻死。记住，小宝贝，所有的动物都要睡觉：有的在地上睡，有的在水里睡，有的在空中睡；有的只睡两分钟，有的却要睡一整天……"

快准备好，过来听听吧，看看世界有多神奇！

狐 狸

狐狸喜欢单独生活和睡觉。它们通常在僻静的沟壑或田地里,用细草和小树枝为自己搭个床铺。

睡觉的场所必须机密,无论谁都不能悄无声息地走近狐狸而不被察觉。

狐狸睡觉遵循严格的步骤。

准备睡觉的狐狸首先会勘察四周有无危险。

然后用爪子铺平床垫。

再用脚踏平四周——先踏一边,再踏另一边。

只有在产崽期间，狐狸才会住在地洞里。狐狸很会挖洞，它会为地洞开设2～3个出入口，有了这些出入口，就能够成功地逃脱猎人的追捕。

如果狐狸的住处紧邻着獾的洞，狐狸就不用挖洞了。原来，狡猾的狐狸会趁獾不在把獾的洞弄脏，而獾喜欢整洁，它们自知惹不起狐狸，也受不了狐狸的邋遢，于是会自动离开。爱吃的狐狸是什么都不会给獾留下的！

坐下来并用尾巴裹紧自己。

躺下，用尾巴护住腿和爪子。

环顾四周，此后才会进入梦乡。

獾

对獾来说，房子与家庭高于一切。獾的住宅不能称作洞，通常它们是一些长长的地道的组合，地道的尽头才是"房间"。

獾长大以后，不会远离父母，而是在近处为自己挖洞。在地底下——一定会有从一个住处通往另一个住处的通道。

一只公獾和一只母獾生活在一起，却睡在各自的"房间"里。它们不断地整修房屋，时不时这里整一下，那里修一下，不停地改善着。

海 獭

海獭几乎所有时间都在海里活动：潜水，抓海胆，抓螃蟹，嬉戏，甚至睡觉。如果想睡觉，它们就翻过身来，不一会儿便睡着了。海浪的喧嚣声丝毫打扰不了它们！

海獭在水里睡着却不会溺水。这对海獭来说轻而易举，它们的体内仿佛有一个气囊，能使它们漂着。

海獭妈妈一刻也不与自己的孩子分开，哪怕是睡觉的时候。睡觉前，妈妈会把孩子放在自己毛茸茸的肚子上，用前爪抱着它，与它一起进入甜蜜的梦乡。

当大海不平静的时候，海獭互帮互助，照样能睡觉。为了在广阔的海洋里不被冲散，它们"手拉手"一起睡，这样就不害怕了。

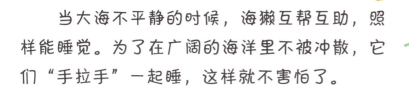

如果附近没有别的可以伸出爪子帮助自己的海獭，却又想睡觉，那么它们就会把自己缠在海草上。

海獭还挺调皮！在游过睡着的同伴身边时，它们会做什么呢？没错，它们竟然会悄悄地向同伴喷水！

要保持欢乐与调皮，海獭白天至少要睡上两觉，这还没算上夜里长时间的深睡呢。

让我们像海獭那样睡觉，那样快乐地玩耍、潜水和游泳吧！

9

蝙 蝠

睡过了，现在还可以再睡一会……夏天，蝙蝠整个白天都在睡觉，晚上还可以稍微再睡会儿，它们一整天要睡19～20小时。而如果外面下雨、刮风或不想往外飞，那么它们可能会睡上一整个星期。

蝙蝠都是用爪子抓住东西而头朝下休息和睡觉的，它们的脚很脆弱，所以不能站立，甚至也坐不住。蝙蝠喜欢待在幽静的谁也无法打扰的地方：洞穴里、树冠上、房子的屋檐下。

不同种类的蝙蝠睡法也不相同。例如，有一种"兔耳"蝙蝠喜欢把自己巨大的耳朵藏在翅膀下面睡，而听力则通过耳屏（耳朵上的一种专门的软骨）解决。一般说来，蝙蝠都喜欢把自己裹在翅膀里睡，就像裹着一个毯子一样。

如果洞穴里过于潮湿，蝙蝠可能会全身布满水滴，天冷时甚至可能形成一层冰，但这对蝙蝠来说并不可怕，也伤害不了它们！

不……我不能这样睡！

蝙蝠群居在一起过冬，它们倒挂着，相互靠得紧紧的。它们睡得很久，10月份它们就开始冬眠了，要到第二年4月底才会醒来。

如果有谁不喜欢躺着睡觉,并且能站着酣睡两小时却仍在梦中,那么不用说,这肯定是象。

是的,象在三四天中可以只躺下一次。这很明显。想一想就知道,这么一个庞然大物躺下再站起来是多么艰难。如果突然遇到危险,需要它猛然跳起来,那它根本就做不到。

想要睡个好觉,首先要安顿好一切。象会努力地做到。为此,它先要选择一棵壮实的树,然后用鼻子抓住树或者抓住一个结实的枝杈再睡去。但每过半小时它就会醒来一次,察看一切是否如常。

这是象在侧躺着睡觉，只有幼象腿部感觉疲劳时才会这样做，这时成年大象会在它旁边围成一圈，使它感到绝对安全。

象生活在大家庭中，无论家庭中哪个成员要睡觉，都一定会有某个成员守护着它。

如果象突然想要休息，随时随地都可以，无论是白天还是黑夜都行。但最好在黎明之前进入梦乡，那时的草原很凉爽，远胜于白昼。

长颈鹿

尽管长颈鹿是世界上最高的动物,但它们却有着许多天敌。黑暗中四处都潜伏着不怀好意的对手。它们如何入眠呢?长颈鹿夜间时常会醒来,深睡时间通常不超过半小时。

长颈鹿不能那么简单地躺下。它们先要弯曲双腿,再让胸脯着地,然后肚皮着地。那它们的长脖子放在哪里呢?它们把脖子弯折下来架在臀部上,朝向尾巴。

由于夜间无法安睡,长颈鹿成天点着头——打瞌睡。它们白天站着浅睡,为了不至于跌倒,它们把脑袋放在离得最近的树杈上。

狮 子

哪里生活着长颈鹿，哪里就有它们的头号天敌——狮子。只要狮子在呼呼大睡，长颈鹿就可以放心地吃树叶。让长颈鹿感到幸运的是，狮子非常贪睡，它们一整天要睡20小时。

狮子通常是一个家庭一起进食、睡觉和狩猎。休息时，它们通常会选择阴凉的能够放平后背、舒展脚爪或者侧卧的地方。它们最爱睡觉啦。

如果近处有枝干粗壮的大树，狮子就会舒服地趴在枝干上面，垂下脚爪，呼呼大睡。

蚂 蚁

研究昆虫的科学家们真的非常好奇：难道蚂蚁根本就不睡觉？难道它们一直在不停地工作？但事实证明，一切并不是那么糟糕。

蚂蚁是要睡觉的，并且它们可能会在任何地方睡觉。通常是蚂蚁赶着要去做什么事，走着走着，却突然一下子停住不动了。知道吗？这是它睡着了。这样的睡眠只能延续一分钟左右，而一天中蚂蚁要这样睡上大约250次！

如果爬行着的蚂蚁偶然触动睡着的蚂蚁，而它却毫无反应，这意味着它睡觉还没到一分钟。

蜜 蜂

如果蜜蜂没有睡够,它们的感官就会很差。从蜂箱飞出去采蜜的时候,它们会迷路,回不了家,甚至相互间联络也很困难。

越年轻的蜜蜂需要的睡眠时间越短。它们一飞回家,蜂箱就开始变得拥挤起来——它们要清扫通道,照顾幼虫,然后会略微睡上一会儿,就又接着工作了。对它们来说,外面究竟是白天还是黑夜一点儿也不重要。它们要先工作,再睡觉。

年长的蜜蜂在夜间基本上会睡得久一些、频繁一些,这是因为它们过于疲劳,恢复体力所要的时间也较长。它们过夜的地点不在蜂箱的深处,那里的生活总是很喧闹,而是在蜂箱边缘相对安静的地方。

鱼

不论谁要睡觉,都要闭上眼睛。这句话对吗?看来并不都是这样。鱼类通常无法做到——大多数鱼类压根就没有眼皮。为什么会这样呢?原来眼皮只是用来保护眼睛使其不干燥的,而这对于水中的生物来说根本没有必要。

很难弄清楚鱼儿究竟在不在睡觉——它们的眼睛永远是睁着的。老实说,它们的休息根本不能叫作睡觉。当鱼儿需要休息时,通常就会自由自在地在水里闲逛。一旦有危险来临,它们就会迅速地游出很远。

鱼儿会挑选舒适的地方休息。例如，白天在水草里或者隐藏在卵石后面。它们用肚皮支撑着自己，好像在睡觉，又好像没有睡。是的，它们是不会让你轻易发现的。

鲱鱼在睡觉时，会翻过身来，背朝下、肚子朝上地漂在水里。河鱼经常藏在沙子里睡。而鹦鹉鱼在睡前会用自己的黏液把身体裹起来，像毯子一样。

鲨鱼睡觉吗？科学家们认为，某些种类的鲨鱼根本就不睡觉。因为它们需要不停地游泳，让水流经过鳃部，才能保持呼吸。也许鲨鱼可以一边打瞌睡一边游泳呢！

蛇

蛇就像是贵妇人。它们喜欢在小吃了一顿青蛙或老鼠之后,晒晒太阳,打打瞌睡。

夜间,蛇会爬到石头或木头下面,卷成一团,好暖和一点,在太阳还未晒暖大地之前它们会一直睡。

蛇的眼皮是透明的,所以看起来,它们就像是睁着眼睛睡觉。

你边爬边睡吗?

我还没吃午饭呢!

为了越冬,蛇需要深深的洞穴,以防被冰封的大地冻僵。可是怎么挖洞呢?蛇根本就没有腿,所以它们常常侵占老鼠或者鼹鼠的"寝宫"。

秋天到来的时候,最好绕开老树桩。蛇会从四面八方朝它爬过来,汇集到它下方的洞穴里。在那里它们缠在一起结成大团,以免被冻僵,然后一直睡到春天来临。

啊,这是谁在路上睡觉呀?咦,这是什么气味!

这也是蛇,只是没有毒。看见蛇的时候,人们总是习惯地问:它头上有没有黄色的斑点?有,那就是无毒蛇,勇敢地前进吧!当感觉到捕食者离得很近的时候,它就开始装死,喷出恶臭的液体,使捕食者没有了食欲。

海 豚

海豚和鲸鱼都不是鱼类——这非常重要，所以要单独介绍它们。它们不能像鱼类那样悬在水里或躺在水底，因为它们需要呼吸。

海豚和鲸鱼，作为哺乳动物，必须时不时地浮出水面，进行呼吸。

如果需要定时浮出水面，那么怎么睡觉呢？答案是，海豚的半个大脑在睡觉，另外半个大脑则指挥自己跟随着家族成员，以便按时浮起呼吸新鲜空气。

而且海豚的右半脑睡眠时左眼是睁开的，左半脑睡眠时右眼是睁开的。它们经常在睡梦中自然地游着。

鲸 鱼

人们可能认为,鲸鱼会像海豚那样睡觉,可事实却不是这样!为了避免因窒息而死,鲸鱼被迫睡得很少很少,在几小时之内几乎只睡15分钟。

鲸鱼睡在很浅的水中,甚至睡在海面上。它们慢慢地潜入水中,在睡觉时用尾巴划水,以便重新浮起呼吸新鲜空气。

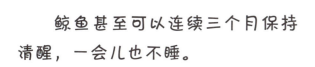

鲸鱼甚至可以连续三个月保持清醒,一会儿也不睡。

河 马

它们虽然叫河马，可是我们却无法确定，它们究竟是喜欢在陆地上睡，还是喜欢在水中睡。它们在哪儿睡都感觉很好。

一些河马可以成天待在湖泊或者河流中——游泳、潜水，当然还有睡觉。它们在深水里静静地休息，但是每三分钟就要浮出水面呼吸一次，而此时甚至都不醒来。

另一些河马则宁愿待在浅水里，它们可以躺在水底，只把耳朵、鼻孔和眼睛露出水面。

当河马潜水时，它们会紧闭耳朵和鼻孔，以防进水。

大河马和小河马非常喜欢在岸上躺着，在温暖的沙子里滚来滚去。

睡够以后，它们会在靠近河流的草地上进食——啃食青草。它们通常可以从日落一直睡到第二天黎明。

猫 咪

家猫看起来可以在睡梦中度过一生。确实如此，一整天中它们有19～20小时在打瞌睡。

如果白天让猫咪睡足了，那么夜里可就有好戏看了。它们将在各个房间来回穿梭，拼命地上蹿下跳，踩窗帘，找吃的，也可能打翻玻璃杯。

想一想，家猫真能睡得沉吗？看看它们的耳朵吧！它们的耳朵不停地颤动，可对细微的声响做出反应。如果突然间发生了什么，它们就会立刻睁开眼睛，甚至一跃而起。

往这里放一个大盒子吧——深的或者浅的，总之大一些的！没有哪一只猫经过这种盒子的时候不往里面躺一会，打个瞌睡的。

到底谁该被叫作睡鼠？！

熟睡过后，猫会张扬地打着哈欠，以便让大家知道，它刚甜甜地睡了一觉。它伸着懒腰，把前脚往前伸展，然后又拱起身体，再去磨利脚爪——就好像下一刻会有危险一样。这种行为常会持续两小时。

狗

狗狗会准确地按照作息时间表睡觉。夜间，大家都睡觉了，它还要稍微游走一番，再吃一点食物，当然了，还要在痛苦中等候主人回来。它一分钟都不多睡。

在入睡之前，宠物狗经常在四周踩踏，试图给自己或主人铺好床单（也就是床铺上的毯子——当然这是在它与主人睡在一起的时候）。

经过5～10圈，宠物狗终于整理好了，喘着粗气，舔几下嘴唇——这才睡下了。

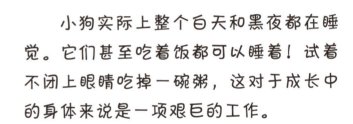

小狗实际上整个白天和黑夜都在睡觉。它们甚至吃着饭都可以睡着！试着不闭上眼睛吃掉一碗粥，这对于成长中的身体来说是一项艰巨的工作。

狗狗啊,你在做什么样的梦?

动动腿脚——在逃跑或追赶。

感觉孤单——有可怕或痛苦的事。

摇动尾巴——见到主人。

舔自己的嘴唇——哇哦!食物拿来啦。

狗狗总是蜷缩着睡觉,感觉自己在危险中,以此来保护自己免遭伤害。狗狗一开始蜷缩着睡觉,感到安宁后会伸直身体。

蜂 鸟

蜂鸟一般与熊蜂差不多大。在所有的鸟类中，只有蜂鸟可以侧向飞翔甚至倒退着飞。

蜂鸟的脚又细又虚弱，它根本不能行走。蜂鸟夜间会抓住一根树枝或窝的边缘，通常头朝下悬着睡觉。

夜间，蜂鸟的器官温度下降，呼吸变得微弱，心脏也很少跳动，身体就像麻木了一样。等到太阳升起，暖和之后，蜂鸟就会苏醒，重新充满活力。

鸟妈妈会带着雏鸟在巢中睡觉，它们的头会抬起来向后仰，露出来就像是绒球。它们有时会在睡梦中"打呼噜"，那是它们在吹口哨。

虎皮鹦鹉跟蜂鸟完全不同，天一黑，它们就准备睡觉，要睡整整10小时。但这对它们来说还不够，它们不仅喜欢夜间睡觉，而且白天最热的时候，鹦鹉是不会飞行的，它们会成群地聚集在茂密的树丛里，再睡上几小时。

雨燕

雨燕非常喜欢飞行,难怪它们被称为最快的鸟(或者几乎是最快的)。最重要的是,这种鸟竟然可以一边飞行一边睡觉!

为了避免在睡梦中掉下来,雨燕在天上飞得很高,它们迎着微风在熟悉的地方上空盘旋。

绒毛、碎纸、小树枝,这些都是雨燕用来在岩石的裂缝中、屋顶上、阁楼里筑巢的材料。它们用自己的唾液黏合固定这些"垃圾",一旦太阳落山,它们就赶紧回家。

伙伴们,别浪费时间,抓紧啊!

雨燕在温暖的地区过冬。如果夏天突然下起了连阴雨,那么成年的雨燕就会飞到阳光普照、昆虫嗡嗡鸣叫的地方捕食昆虫。

雏燕会在温暖的窝里等待父母回来。在父母还没有回来的时候,它们就睡觉——一直昏睡。在这样的深睡中,它们是不需要进食的。雏燕可以两个星期滴水不进。

鸭 子

野鸭不在水中过夜，因为水里有掠食性的鲶鱼捕食它们，也不在岸上过夜，因为有狐狸侵扰，而是在浅滩或芦苇丛中过夜。

鸭子从不单独过夜，它们会成群地聚集在一起。被围在中间的鸭子可以小睡一会，周边的鸭子负责警卫，然后再交换位置。

鸭子可以睁着一只眼睛睡觉，以便随时处于戒备中。

把喙藏到羽毛下面，不仅保暖还可以更快入睡。

好吧，你蜷缩起来。

火烈鸟

啊，现在舒服了！

火烈鸟也不喜欢单独入睡，它们成群地生活在富有食物和可以休息的浅水里。

火烈鸟的关节能像铁锁一般被锁定，所以它们可以毫不费力地单腿站立几小时。

火烈鸟为了能够安然入睡，需要单腿站立，另一条腿则抬起来贴着身体。同时，将脑袋枕在后背上，喙藏到羽毛下面。

熊

整个冬天熊都在洞穴里睡觉。不然它们还能做些什么呢？冬天没有什么可吃的，根本找不到浆果、根茎和蜂蜜。所以在11月初它们就开始冬眠，以挨过饥饿的时段。

熊按照"熊类基本法"居住——每熊一洞！只有熊妈妈一直同熊宝宝一起越冬。毛茸茸的幼崽住在最深处的角落，熊妈妈待在靠近出口的地方。熊宝宝总是待在既温暖又安全的地方。

熊不像青蛙，青蛙整个冬天都在昏睡，天不变暖决不醒来。熊睡得很浅！如果突然有危险或者肚子饿得咕咕叫，熊都会醒来，在冬季的森林里游荡，寻找食物。

熊一般从3月份开始游荡。当夜晚还寒冷的时候，它们依然在洞里度过，一旦开始变暖，它们就白天黑夜都露天休息了。它们会为自己构筑一个窝——一个舒适自在的凹地。

如果遇到寒流，熊会用苔藓、野草、嫩树枝覆盖凹地，就像营造洞穴一样。这时的凹地就像一个巨大的窝。

刺猬

刺猬白天睡觉，到了黄昏它们就开始寻找食物。昆虫、蜗牛、蠕虫是它们最喜爱的美味。

刺猬会在自己的领地用苔藓、干草、树叶构筑几个窝。它们在茂密的灌木丛中选择藏身之处，通常为倒下的树的根部。它们半天在这个窝里，半天在那个窝里，成天这样换来换去。而一般来说，刺猬是不情愿离开自己的家园的。

最重要的是，刺猬不爱遇见别的刺猬。所以它们在孤独中生活，却又彼此不相距很远：看起来它们不孤单，却又互不干扰，不会在几步之内相遇。

如果没有冬眠，刺猬就无法生存。就像其他许多动物一样，冬天它们没有什么东西可吃。它们在11月进入冬眠，直到来年4月才苏醒，那时已经很暖和了。

刺猬必须找到合适的冬季庇护所。它们自己无法挖洞，所以通常住在别的动物，例如兔子遗弃的洞穴里。

如果你看见几只刺猬在一起，那么肯定就是刺猬妈妈领着刺猬宝宝。

我会去

睡觉的!